굿모닝, 에브리원

시작시인선 0306 굿모닝, 에브리원

1판 1쇄 펴낸날 2019년 9월 23일
지은이 오민석
펴낸이 이재무
책임편집 박은정
편집디자인 민성돈, 장덕진
펴낸곳 (주)천년의시작
등록번호 제301-2012-033호
등록일자 2006년 1월 10일
주소 (03132) 서울시 종로구 삼일대로32길 36 운현신화타워 502호
전화 02-723-8668
팩스 02-723-8630
홈페이지 www.poempoem.com
이메일 poemsijak@hanmail.net

ⓒ오민석, 2019, printed in Seoul, Korea

ISBN 978-89-6021-450-7 04810
      978-89-6021-069-1 04810(세트)

값 10,000원

굿모닝, 에브리원

오민석

천년의시
작

시인의 말

이 시집을 묶기 위해 함께 원고를 읽던
아내가 얼마 전 세상을 떴다
말하자면, 나는 벼락을 맞은 거다
죽음이 소환한 죄들 때문에 내가 소란騷亂하다
저 쥐 같은 것들, 저 지겨운 불행들, 을
떠난 당신, 부디 평안하시라
사랑은 가고, 언어만 분분紛紛하니
나는 차라리 쓰러져 호랑이 꿈을 꾼다

2019년 9월 10일
먹실 산방山房에서
오민석

차 례

시인의 말

제1부

해　설

제1부

내가 보지 못하는 것들

레드스톤 파크에 눈 내렸다

눈을 뒤집어쓴 레바논 향나무 한 그루
아무도 보지 않는다, 보지 않아도
시베리아 느릅나무는 어깨를 털 줄 안다
나무는 길고 오랜 섹스를 하듯
겨울바람을 향하여

천천히

초록 페니스를 밀어 올리고
눈먼 나는
아무것도 보지 못한다
나무의 성기들에 꽃이 필 때
그제야 나는 말할 것이다
　　　봄이 왔다고

쌍계사 벚꽃길의 연어 떼

죄의 새끼들이 죄의 새끼들을 낳는다
오로라를 스쳐 간 연어 떼가
온 하늘을 붉은 밀키웨이로 만들고
어느새 사라졌다

나는 내가 지은 죄를 생각하느라 바빠,
오늘은 만나지 않았으면 좋겠어

먹고 먹어 오직 생명을 유지하는 것만이
목적인 것들은 죄가 없다
배도 고프지 않은데 총질하는 것들이 문제다
내게서 빠져나간 무수한 총알들 때문에
나는 아픈 거다
두 달 전에 자식을 앞서 보내고
건강을 위해 오메가 쓰리를 찾는
노인과 나는 타협해야 한다

정사를 끝낸 연어 떼가 강물에 즐비하구나
자신도 모르는 욕망을 다 털어낸 저 붉은 죽음을
아무도 뭐라 하지 못하듯이

나는 나의 죄를 직면할 자신이 없다
다 쏟아낸 저것들은 얼마나 황홀할까
얼마나 위대한가 제대로 쏟지도 못하면서
죄의 시궁창에 있는 것들이 딱한 거야
그래도 생각해 보면 꽃들은 그분이 주신 선물이지
쌍계사 벚꽃 십 리 길을 머리 텅텅 비운 채
낄낄거리며 걷는 것을 누가 뭐라 하겠어
다 쏟아내고 싶어

벚꽃 십 리에 내장을 다 털어낸 후
다시 만날까, 우리

빈센트 블루스

빈센트, 오늘은 하루 종일 라면으로 때우고
날 저물자 삼양시장으로 순대를 먹으러 갔지요
노랗게 저녁이 내리고 이슬이 내리고
푸른 창자들의 골목이 어두워지도록
하늘엔 별도 뜨지 않네요
빈센트, 당신의 뇌가 불꽃처럼 타올라
울먹이는 어깨가 되도록
나는 황금 이삭 하나도 만지지 못했어요
대지극장 간판에 빨간 브라를 한 여자가
껌을 씹으며 발가벗은 하이힐 위에 서있네요
까까머리 아이들은 공을 따라
우르르 골목으로 사라지고
불안한 청춘들은 자꾸 귀를 잘라요
빈센트, 카페테라스로 오세요
거기에 무거운 외투를 벗어놓고
팔도 버리고 다리도 버린 후
아를 들판으로 까마귀처럼 사라질 순 없는 건가요
검은 부엌에서 검은 감자를 굽는 일은
다시는 하고 싶지 않아요
노동으로 헐거워진 신발은 벗으라고 있는 거죠

마침내 버리라고 있는 거잖아요
빈센트, 우체국에서 마지막 전보를 보낸 후
당신의 수염은 더욱 붉어졌지요
나는 오늘도 알파벳을 가지고 매번 무너지는
바벨탑 위로 올라가요
나, 가, 더, f, O, fa, 루, 피, 사, 렁, 치
건반들을 밟으면 계단으로 올라가는 길이
무섭게 어두워졌지요
뒤집어진 신발들 날 새도록 주인이 일어나길 기다릴 때
빈센트, 카페테라스로 오세요
거기에는 아무것도, 아무것도 없어요
다만, 귀를 버린 초상화가 골목마다 붙어있는걸요
당신은 말하자면 수배당한 언어입니다
빈ㅅㄴ트,
비세ㄷㅌ,

벽 속의 개

봄이 오지 않는다
라면 봉지, 찢어진 팬티, 불어터진 우동 가락, 썩은 양파,
얼어 죽은 고양이, 젖은 생리대,
유효기간이 지난 통조림들이
무슨 화산재처럼 세상을 덮고 있다

벽 속의 개,
말할 수 없다

이데올로기의 내부에는 모순이 없다

이데올로기는 개인들 사이에서 주체를 **소집**하는 방식으로 **행동**하거나 아니면 **기능**하고(이데올로기는 모든 개인들을 소집한다), 혹은 내가 **호명** 혹은 부르기라고 칭한 바로 그 방식으로 개인들을 주체들로 **변형**시킨다(이데올로기는 모든 주체들을 변형시킨다). 그리고 우리는 이것을 가장 흔한 일상사에서 경찰(혹은 다른 사람)이 "이봐, 거기 당신 말이야!"라고 부르는 일들을 따라 상상할 수 있을 것이다.*

개새꺄죽고싶어왜말을안듣는거야중요한건돈이야소송걸려면해봐중요한건돈이라니까정의밖에모르는색휘개색휘야좋게말할때들어엉까봤자네밥줄만날아갈뿐야중요한건돈이야불쌍한색휘야잘난척하지말어넌지금낭떠러지에서있는거야내가손끝만까딱해도넌죽어이붕신같은놈아중요한건돈이라니까이쉑히야잘난척하지말라고이쉬발놈아정의좆까구있네

---

* Louis Althusser, *Lenin and Philosophy and Other Essays*, tr., by Ben Brewster (New York and London: Monthly Review Press, 1971), p. 162.

19

푸른 잎새 사이로 태양은 지고

미장이 아버지가 일곱 식구를 먹여 살리는 동안, 나는 골방에 쑤셔 박혀 헤겔을 읽거나 화창한 봄날이면 김수영과 함께 고궁古宮을 나왔다. 김종삼의 시인학교詩人學校에도 자주 드나들었다. 술 취해 쓰러져 있는 어떤 시인의 뺨을 때리며 소설가 천 아무개는 시인들이여 항상 깨어있으라고 외쳤다. 시인들은 침을 뱉지 않았다. 루카치의『소설의 이론』을 읽다가 밤 이슥히 멀리 삼남三南에 눈 내리는 소리를 들었다. 그 여름의 끝이 와도 아버지는 새벽에 일을 나가셨다. 뒹구는 돌이 언제 잠 깨는지 아무도 몰랐다. 다만 새벽이 왔고 마음 약한 베드로처럼 나는 자꾸 부인했다. 서양경제사를 공부했지만 나는 경제를 몰랐고 곰브리치의『서양미술사』처럼 나는 서가書架에 꽂혀 있었다. 어느 날 나도 모르는 사이 나는 서가에서 쫓겨났다. 대신 작은 경제와 작은 정치가 나를 적셨다. 포플러 푸른 잎새 사이로 해는 졌고 나는 점점 사라졌다. 시인학교에는 죽은 시인들이 둥둥 떠다녔고 시인 김관식이 주정하는 소리가 멀리서 들려왔다. 태양은 다시 떠오를 것 같지 않았다. 엘리엇이 황무지荒蕪地에서 꺼이꺼이 울고 있는 소리가 들렸다. 그 사이 기차는 정확히 7시에 떠났고 다시 돌아오지 않았다. 그냥 모든 것이 가고 갈 뿐이었다. 그리고 아주 가까이서 작은 경제와 작은 정치가 내 뼈를 말리는 소리를, 나는, 들었다.

다만 어둠뿐인

주페의 「시인과 농부」를 들으며 무스코카를 달렸다. 어둠뿐이었다. 안드로메다에서는 아무런 소식이 없었다. 다만 악인들이 악으로 창궐할 뿐, 눈 내리는 길가에 차를 세우면 멀리서 나무들이 쓰러지는 소리가 들렸다. 시인들은 주막酒幕에서 점점 취해 갔고 한국에 내린 눈은 한랭전선寒冷前線을 따라 멀리 알래스카로 이동 중이었다. 간혹 알래스카 내륙의 유콘강江에 외계인이 출현했다는 소리도 들렸다. 인디언들이 소리를 지르며 대지大地를 아무리 두드려도 어머니는 문을 열지 않았다. 다만 어둠이 어둠을 불러 악인주악惡人奏樂을 연주할 때 푸른 연기가 그들의 머리를 지날 뿐이었다. 차는 어둠 속에 지워져 가고 화가 난 포세이돈이 자꾸 머리를 찔렀다. 다만 어둠뿐인 초록 지구가 불쌍해서 나는 흰색, 노란색, 주황색의 정제 위장약을 순서대로 먹었다. 천천히, 천천히 가자고 누군가 말했다. 천천히, 천천히.

그리운 나의 수도원

　내가 세상에 들어와 세상을 살 때, 나의 수도원도 나를 따라 들어왔다. 오, 악인惡人들이여 나를 쓰러뜨리라. 나는 한 번도 제대로 처벌받지 않았다. 라스콜리니코프가 십자로十字路에서 대지에 키스할 때, 그 옆에 서서 잠시 떨었을 뿐, 나의 죄여. 천막이 찢어지는 소리가 멀리서 들려왔다. 오직 먹을 것을 찾아 헤매는 개처럼 사람들이 하루 종일 바삐 움직일 때, 나의 수도원도 먹을 것을 찾아 헤맸다. 개 떼들이 섹스와 권력과 돈의 사당에 경배할 때 나의 수도원은 먹을 것이 없어서 쓸쓸했다. 때아닌 눈발이 동해안을 덮고 또 덮었다. 푸른 바다가 눈 덮인 해안을 자꾸 핥았다. 도망갈 곳을 잃은 자들은 산으로 자꾸 올라갔다. 더 올라갈 곳이 없는 곳에서도 개 떼들이 짖어댔다. 어디선가 눈 더미가 자꾸 무너졌고 개들은 트럼펫을 불어댔다. 그렇다, 일시적일지라도 세상은 개들의 것이다. 나는 자꾸 뒤돌아보며 나의 수도원을 찾았다. 오, 그리운, 그리운 나의 수도원.

지옥의 묵시록 1

왕국王國에도 밤이 왔다. 잠들지 않는 왕이 있어서 그들은 행복했다. 31명에게 100여 번에 걸쳐 성 상납을 한 여배우는 결국 자살했다. 그가 남긴 50여 통의 자필 편지가 방송국에 배달될 때, 멀리 섬나라에서 큰 지진이 일어나 수백 명이 죽었다. 갈라진 땅속에서 나온 초록색 이무기들이 화염을 뿜으며 하늘로 올라갔다. 왕과 그의 마누라가 제사장의 명령에 따라 무릎을 꿇고 회개할 때 왕국교회를 취재하려던 방송국 PD들은 다른 부서로 쫓겨났다. 왕싸롱에서 왕교수의 페니스를 만지던 여학생이 실수로 술잔을 쓰러뜨리자 왕교수는 너털웃음을 터뜨리며 너그럽게 용서해 주었다. 왕국전자에서는 수십 명의 여공들이 백혈병으로 죽어갔다. 세계시장에 왕국의 깃발이 꽂혔다. 가신家臣들은 왕의 생일잔치를 위해 거룩한 모금 운동을 전개했다. 아들놈에게 스마트폰을 사주니 마니 씨름하던 하인下人들도 찍소리 못하고 스마트폰 몇 배의 성금을 냈다. 찍소리 대신 목구멍이 포도청인 그들의 머리에서 파란 싹이 올라왔다. 지나가던 이무기들이 분뇨를 발사해서 그들을 축하해 주었다. 가출한 아이들은 아버지를 죽이려 했고 선왕先王의 동상銅像은 자꾸만 늘어났다. 그냥, 그런 날들이었다.

지옥의 묵시록 2

페터 한트케의『소망 없는 불행』을 읽다. 불행이, 소망 없
는 불행이 별똥별처럼 길게 꼬리를 이을 때 "어머니는 생리
대를 끼운 위생 팬티에 팬티 두 개를 더 껴입고, 머릿수건
으로 턱을 단단히 묶고는" 다량의 수면제를 입안에 털어 넣
었다. 이렇게 하여 어머니의 볼품없는 한 생애가 불꽃처럼
사라졌다. 어머니를 다른 행성으로 보낸 것은 다름 아닌 가
난이었다. 강물이 불었고, 둑이 무너졌다. 뿌리 뽑힌 버드
나무가 붉은 머리카락을 강물 위에 길게 누인 채 둥둥 떠내
려갔다. 그녀는 병든 어머니와 굶기를 밥 먹듯 하는 동생들
을 위해 남자와 잤다. 그녀가 벌어 온 돈으로 아버지는 오늘
도 쌀 대신 술을 샀다. 밤이 붉게 깊어갈 때, 무쇠 잠자리가
총탄을 비 오듯 갈겨댔다. 발가벗은 아이들이 울부짖으며
붉은 흙길을 도망쳤다. 다리가 끊겼고 황금을 가득 실은 왕
의 전용기가 먼 휴양지로 도망쳤다. 과수원의 사과나무들
은 돌처럼 딱딱해졌고, 나의 방은 너무나 적막하여 쓸쓸하
였다. 오, 부패해 가는 내 몸이여, 나를 놓아다오.

지옥의 묵시록 3

봄이 온다
산천에 곧 흐드러질 꽃들의 싸움이여
너는 어디에 있는가, 너는 아직 봄인가, 지옥이여
내 맘에 눈 내리고 또 내리니
나를 저 언 땅 아래 내려다오
그리하여 망각의 늪으로 새 한 마리 지나가도
푸른 힘줄이 나무의 모세혈관을 뚫고 지나가도
지옥이여, 나는 아직 봄이 아니다
나를 지나가 다오
오랜 벗, 지옥이여
하여, 나는 너를 잊고 싶다
봄은 오나 너마저 찔레꽃으로 떠나다오
연산홍 붉은 하늘로 사라져다오
그리하여 돌아갈 모든 것들 다 돌아간 후에
아카시아 꽃잎 지는 저 한적한 길을
혼자 뒤늦게 걷고 싶다
지나가 다오
나의 오랜 벗이여

지옥의 묵시록 4

　그렇게 한 시대가 끝났다. 전쟁은 종료되었고 화염火焰은 밤하늘을 긁으며 피어올랐다. 나의 수도원은 나의 유형지流刑地였다. 아무 데도 닻을 내릴 수 없던 한 시대가 흘러갔다. 다시 현재가 축적되는 동안 먼 강에서 파도가 일었다. 바람이 물의 칼날을 스치는 소리, 사자 울음을 들었다. 사막에서 누군가가 비명을 질렀다. 그 소리를 듣고 한숨과 눈물의 전갈들이 내 몸에서 기어 나왔다. 내 몸을 덥히던 쾌락이 말갈기처럼 펄럭였다. 왕의 협박과 위로가 향냄새처럼 피어올랐다. 승리와 치욕의 숲이 장맛비 속에서 어둡게 넘실거렸다. 말 잘 듣는 신하들이 머리를 조아리고 왕을 찬미했다. 오, 신이시여, 일용할 양식을 주시니 감사하나이다. 유형지의 밤은 길었다. 다시 돌아오지 않을 것처럼 달이 졌고, 다시 뜨지 않을 것처럼 해가 떴다. 어서 닻을 내리라, 어서 닻을 내리라. 키 작은 초록 풀잎들이 작은 소리로 외쳤다.

1박 2일의 우울증과 딱 여섯 시간의 즐거운 술자리

봄이 오고, 그리고 가고 있다. 연등처럼 공중에 붕붕 떠 있던 목련들은 시간의 기관총에 사살당한 채 길바닥에 쓰러져 있다. 오사마 빈 라덴이 죽었다. 미국의 어떤 신문은 오바마 빈 라덴이 죽었다고 기사를 날렸다가, 3분 만에 그 기사를 내렸다. 오스 기니스가 439페이지에 걸쳐 고통 앞에 서다. 그러나 아무도 그 고통을 모른다.

새들이여, 망명하라. 그러나 새들은 시베리아에서 일본 열도로 긴 비행을 할 뿐 절대 망명하지 못한다. 신은 우리에게 길고 지루한 비행만을 허락하였다. 망명은 오직 죽은 자만이 하는 것이다.

6월의 나무들

초록 이파리들 멸치 떼처럼

대지로 쏟아질 때

나는, 아직 건재한가

6월의 나무들은

온 세상을 흔들어 깨우고

바람 불고 불어

나는, 종일 허기지다

우리 옆집 티베트 아저씨

우리 옆집 티베트 아저씨가 또 실직했다. 그래서일까 세상에서 가장 느긋했던 그의 보폭이 더 느려졌다. 뙤약볕 아래에서 그는 걷는 것이 아니라 걷는 폼으로 멈추어있는 것 같다. 그는 왜 세계의 지붕인 자기의 조국에서 내려왔을까. 왜 여기 이 바닷까지 왔을까. 히말라야의 시리도록 푸른 공기가 그의 폐부를 상하게 했을까. 그는 조금만 걸어도 숨을 헐떡인다. 이 바다가 영 마음에 들지 않는 것이다. 늦게 만나 결혼한 그의 부인은 말없이 미소 짓지만, 나는 그 웃음의 쓸쓸한 배후가 안쓰럽다. 이제 여덟 살 난, 그래서 늘 즐거운 그의 딸만이 히말라야 제비처럼 이 집의 혈관을 겨우 돌린다. 생계 앞에서 적막해진 한 가계가 더할 수 없이 적막해지면 어떻게 하나. 우리 옆집 티베트 아저씨의 작고 낡은 승용차는 오늘도 뙤약볕 아래 움직일 줄 모른다.

즐거운 유숙留宿

푸른 안개에 잠긴 숲이여

우리가 불타는 별처럼
언젠가 사라질지라도
지상에서의
이 즐거운 유숙을 기억하라

사람들이
화톳불가에 모여
저녁밥을 나누는
이 장엄한 풍경을

삶은 힘겹고
그래서 더 장엄하게 어둠은 깊어가고

검은 하늘에 소금밭처럼
별들이 늘어갈 때
누가 이 유목의 삶을 기억하리

한 생애를 함께하는

가련하도록 장엄한 사람들을 껴안고
숲이 잠들어 갈 때
초록 지구는
반대편을 푸르게 밝히며
항해하고
누가 이 광막한 유숙을 일러
삶이라 하나

숲은 있어야 할 곳을 묻지 않고
밤은 그저 밤으로 깊어가는데
유숙의 길이 깊고, 무겁다

슬픈 육체

　몸을 주고 몸에서 나오라니, 육체는 늘 슬프다. 절정은 항상, 몸을 떠나라, 너를 버리라 한다. 끝내 머물 수 없는 나의 집이 그래서 난 늘 그립다. 숲속을 거니는 황금 사슴들도, 푸른 이끼도 몸에서 거주할 날이 정해져 있는 것이다. 나갈 날이 있으나 늘 몸을 떠나라 하니, 그저 나갈 날에 나가면 그뿐인 저들이 나는 부러운 게다. 그리하여 다시 몸을 주고 몸에서 나오라면 나는 절정의 삶을 피할 수 있을까. 고통을 노래할 수 있을까. 폭포처럼 단번에 몸에서 나갈 수 없다면, 유성流星처럼 흐르는 생의 시냇가에서 구름의 언어를 붙들 것인가. 즐거운 몸의 언어를 마실 것인가. 몸 안에서 몸 밖으로 가는 길이 멀고, 멀다.

자작나무의 거리

1

쌍문동의 청진동 해장국집에서 새벽 해장을 하는 40대 부부. 밤새 마신 소주 위에 또 한 병의 참이슬 후레쉬.

2

그녀의 담배 냄새 때문에 기러기들이 길을 떠나는 것은 아니다. 그러나 그녀를 떠나는 푸른 연기의 행렬이 슬프다, 고 함부로 말해서는 안 될 것이다. 좋게 말할 때, 슬픔을 특권화하지 마.

3

새들은 망명정부처럼 강을 건너고 바다를 건너 공기 중에 투명한 길을 낸다. 그 길로 한없이 가고 싶다. 가을이 오는데, 내게는 마실 영혼이 없다.

4

적들은 내 사랑의 증거. 사랑이 없었다면 적들도 없었으리. 나는 그들을 더 이상 사랑하지 않으므로 그들도 더 이상 나의 적이 아닌, 아무것도 아닌, 그냥 아무것도 아닌 것이 될 것이네.

5

끈질기게 비가 오더니 날이 개었다. 하늘은 태양을 서쪽으로 서서히 내리고 바야흐로 달의 조명을 들어 올리고 있다. 아름답다. 투계鬪鷄의 뒷발에 꽂혀 있는 칼날이 달빛에 번쩍인다. 죽은 닭을 들고 닭 주인의 어린 아들이 울고 있다.

6

가라, 장엄 미사곡이라도 들려줄게. 생의 모든 핏방울을 기억하지 마라. 가라. 철새들을 따라. 한껏 멋을 부린 남자가 담배를 꼬나물고 스쿠터에 오른다. 달려라. 나는 그의 도발적인 의상이 남대문표 패션임을 알고 있다. 나는 그가 가장한 남성성이 사실은 여성성의 다른 이름임을 알고 있다. 기다려, 오빠가 간다.

7

병석에 누워있는 그녀, 와 진한 에스프레소를 마시고 싶지만, 그녀는 일어나 앉을 수도 없다. 창밖으로 길게 누운 와불臥佛, 미소 지으며 그녀를 들여다본다.

8

자작나무 숲에서 길을 잃다. 멀리 눈(雪)에 잠긴 호텔이 보이지만 그곳은 내가 갈 길이 아니다. 눈 덮인 자작나무 숲에 수정水晶꽃들이 환하게 피었다. 나, 이 속에서 죽으리라. 그러나 죽음이 마침내 나를 생의 한가운데로 부를 것을 나는 안다.

다시, 그리운 그대

그대를 다시 만날 수 있다면
아드리아해海의 바다 오르간을
함께 연주해도 좋겠네
그러면 코발트색 물결이
어깨를 출렁이리
이 가을, 빛나는 돌길
좁은 골목을 함께 걷다가
호박빛 가로등이 하나둘 켜질 즈음
천천히 항구로 내려가도 좋겠네
거기 선창의 푸른 갈매기들과
에스프레소를 마시고
수도원을 개조해 만든
호텔 두브로브니크로 돌아와
지난 세월의 아픔을 이야기해도 좋겠네
다시 그대를 만날 수만 있다면
카페 마담 마리로 가서
붉은 맥주를 기다리겠네
거기 19세기의 등대 아래 다시 서겠네
밤이 이슥해지면
세상의 등을 다 *끄고*

폭설처럼 그대 품 안으로 자꾸 쓰러지리

새벽 동틀 무렵

새로워진 바다를 바라보며

푸른 시가 연기를 내뿜어도 좋으리

우리 아픈 추억들 다 사라진다면

아픔도 추억이 된다면

아드리아 해안海岸에 가서

그대 가슴의 고요한 풍금 소리

다시 듣겠네

그대 눈물이 흐르면

그대 눈물이 흐르면
정선에서 기차를 타고
동해로 가라
그대의 죄는
지상 어디에도 없는
나라를 꿈꾼 것
그대 눈물이 흐르면
청진항의 눈발을 뚫고
시베리아로 갈 일이다
그대의 죄는
사랑을 잃고
다시 찾지 않은 것
거기 눈 내리는 벌판에서
카츄샤에게 거절당한 네흘류도프처럼
반나절을 더 울 일이다
그대 눈물이 흐르면
사라진 피맛골의 해장국집을 찾지 말고
와사등 흔들리던 목포 항구로 가라
그대의 죄는
사람들의 양심을 아프게 찌른 것

목포에서 제주도까지

이제는 사라진 옛 페리호를 타고

열두 시간을 먼 바다에서 떠돌 일이다

그래도 눈물이 흐르면

돌아오라 탕자처럼 돌아오라

그대의 죄는

늘 불가능을 꿈꾼 것

돌아와 더 이상 나갈 곳 없는 유배의 삶을 살라

이곳은 눈물마저 유배시키는 겨울의 나라

그러나 이 겨울 강의 어디쯤에서

눈발 그치고 그쳐

슬픈 그대

마침내 닻을 내리리

자작나무 숲이 저만치서

*

그걸 몰랐던 거다, 어긋나 있는 것, 불일치, 세상과 절
교한 시인들

*

가을 들판을 공중 부양하듯 일제히 날아오르는 새 떼들,
길 떠나는 가족, 가을이 부황 들 무렵 겨울이 올 것이다

*

그대를 만난 것은 우연이나 우리 숨 떨어지도록 유숙의
길을 동행하는 것은 필연이다, 나를 버리지 않아서 고마
워, 당신

*

다다들은 최소한 월 스트리트를 점거하고 반反−부르주아
전선이라도 형성할 줄 알았다, 자유로우려면 제대로 자유

로워 쉐이들아 헛소리하지 말고

*

   세상과 불일치했기 때문에 로트레아몽 백작은 악령에 시달렸다, 스물네 살, 그가 세상을 뜰 때 악령들은 그를 위로하지 않았다, 다만 그의 예언대로 19세기 말이 그 시인을 보았을 뿐

*

   아무것도 예언하지 말라, 미래를 구속하지 말라, 뜻대로 될지어다, 자작나무 숲이 저만치서 고개를 절레절레 흔드는 가을, 새 떼들처럼 공중 부양한 후 발칸반도를 지나가고 싶다, 거기 가면 다른 가을이 있으리라는 환상도 없이, 말없이

제2부

그 여자

크레인 위의 그 여자
언뜻 복잡해 보이는 진리를
간단하게 빨래해 버린 여자
그 모든 헛소리들을
한 방에 엿 먹인 여자
우리가 얼마나 쩨쩨한 쉐이들인지
알게 해준 여자
부끄러워
가서 용서를 빌고 싶은 여자
우리를 울게 만드는 여자
그 사람

일종의 스토이시즘이라고나 할까

*

오지 않는 그대를 기다린다, 이 모든 것이 유령이 아니라 실물이라니 끔찍하다, 오지 않는 것을 향해 가자. 가을은 시간의 무거운 추를 끌고 대서양을 마악 지나고 있다, 산티에고여, 순례자들을 몰아내라, 그들은 원점으로 돌아가고 있으니

*

나는 딴따라다, 사랑받고 싶다

*

늙은 부부가 병상에 마주 앉아 밥을 먹는다, 덜 아픈 남편이 더 아픈 부인에게 약을 먹여 준다, 수고했다고, 감사하다고

*

거의 열반에 가까운 곡예를 보여 주는 노인들 앞에서 엄

살을 부리다니, 노인들은 아무것도 기다리지 않고 아무것도 하지 않으면서도 잘 견딘다, 그들은 죽음에게 오라고도 가라고도 하지 않는다

*

맨드라미 붉은 구레나룻이 가을 햇볕에 타고 있다, 이 비 그치면 너도 쓰러지리라, 이윽고 폭설의 겨울이 실물로 다가와 순례자의 길엔 아무도 없을 것이니 엘레나여, 눈 많이 와 길 끊어질 때 초록 동강에 가고 싶다, 일종의 스토이시즘이라고나 할까, 거기 가서 아무 곳에도 없는 그대를 찾고 싶다.

유령

새 떼들 불탄 쓰레기처럼
서녘 하늘로 점점이 사라지는 저녁
그 적막한 지평선에서
마침내 종소리 울리면
너희는 가거라
돌아오지 말지어니
유령의 세월을 세월이라 하지 마라
삶은 온통 빛나고 아름다운 색깔들
검고 흰 것을 인생이라 하지 마라
붉은 해바라기와
노란 태양의 저 뜨거운 교신
(느끼지 못한 세계는 세계가 아니지)
푸른 하늘이
초록 강물이
끔찍하도록 아름다운 것은
그 속에 혈관이 있기 때문
푸르고 푸른 혈관이 내 혈관과 내통內通하기 때문
죽음 없는 삶을 삶이라 하지 마라
모든 살아있는 것은
연민과 번민의 섬들

그 심장 언제 멈출지라도
헛된 유령의 세월은 사라져다오
오, 우리 몸을 흔드는 고통의 환희여
허튼 사랑을 붙잡지 마라
길 떠나다오
유령이여

푸른 연기의 세월

*

잠 안 오는 밤
페이스북 들어가니 나처럼
잠 못 이루는 중생들 여럿 있다
내 서재에는 온통 죽은 시인들
네루다, 김종삼, 말라르메, 김관식, 베를렌
엘뤼아르, 로르까, 신동엽, 백석, 발레리, 김남주,
들과 떠들썩하게 한잔하는 밤
1885년 11월 16일 월요일
아폴리네르는 왜 그의 시에서
구두점을 모두 버렸을까
마리 로랑생 때문일까
그러나 그의 사랑은 미라보 다리를 건너
마들렌에게로 이사 갔다

**

석탄불 꺼질 무렵의
유목민 헤밍웨이의 지친 얼굴
킬리만자로의 흰 바람

***

절대 노인이 되지 않겠다던 자신의 약속을 지킨 제레미아 드 생타무르

그는 예순 살이 되자 스스로 생을 마감했잖아, 견딜 수 없었던 거야

그러면 끝이라고 생각한 거지, 그런데 만일 그게 끝이 아니라면?

말하자면 그는 견딜 수 없는 것을 견디는 것이 인생이라는 것

사는 게 다 이유가 있다는 것을 몰랐던 거지

이제 곧 춥고 따뜻한 겨울이 올 것이다

푸른 연기의 세월이

또 지나간다

나 이렇게

잠 못 이루니

시간의 기차여

천천히 가자

가을, 강진

가을비 내려
가슴에 단풍 젖으니
시절이 하 수상하다
다산 강진 가는 길
구절초가 만발인데
세월이 자꾸 둥둥 떠간다
너 어디쯤 밀리고 있니
수천 년째 길 떠나는 철새들
여행의 끝은 사랑인가
허나 길은 길로 이어질 뿐
정처가 없다
생애 어딘가에서 유배당한 느낌
사라진 호랑이는 어디서 울고 있나
그대 아직 한참 더 가야 하니
외로움을 피하지 마라

단풍

아파트 단지 안
단풍이 붉다
마주 오던 여자
단풍잎 하나 주워 들다
얼굴이 발개진다
그 마음에
붉은 사랑이
있는 게다

풍란風蘭

바람 불고
가을 잎 떨어져 내리니
온 천하가 낙망落望이다
기다리자
눈 내리면 따뜻한
망각의 시간이 올 것이다
그래도 잊히지 않으면
봄날 풍란風蘭 곁에 누워
향기로운 바람을 찾으리

예언이 필요한 것은 그만큼 시대가 아프다는 거다 예언의
거북이 등을 밟고 호랑이는 떠났다 미래는 늘 다시 오지만
지금 문밖엔 아무도 없다 집 안에서 길을 묻지 마라 홍매화
가 하늘을 가득 메운 날 길 떠난 순례자여 꽃 다 지면 노래
하라 마침내 열망의 날이 오고 패망의 날이 올 것이다 길이
길을 부를 것이며 꽃 안에서 꽃이 다시 필 것이다 길이 거미
줄처럼 흩어져 있어 잠시 난감하다

너무나도 현실적인

이름도 모를 서양란이 며칠 전부터 꽃을 떨구기 시작한
다 한 송이 한 송이 무너지는 꽃 무더기 앞에서 나는 왜 오
늘따라 푸르른 희망을 보았을까 시든 꽃을 우주의 쓰레기
통에 버리며 예감처럼 다음 꽃을 준비하는 저 난의 너무나
도 현실적인 궤도, 그리하여 나는 아내가 노동하는 동안 절
망의 시를 쓴 것을 후회하면서 언제일지 모를 그날을 기다
리는 것이다

마른 우체통

그동안 얼마나 많은 이름들을 허공에 불렀던가 이제 내가 이름을 부른다고 해서 그대가 꽃이 되지 않는다 사기 치지 마라 쓰레기 같은 씨니피앙들만 온 세상에 너절하구나 꼭꼭 숨은 당신들 때문에 내 눈만 직경 10센티는 앞으로 더 튀어나왔다 푸른 구름이 전단지처럼 둥둥 떠가는 오후 나는 오직 불안을 완성하기 위해 이 세상에 온 것처럼, 커피를 반쯤 마시다가, 책을 읽다가, 전화를 하다가, 드뷔시를 듣다가, 좌불안석이다 보르헤스가 걸어간다 열기가 그를 감싼다 그는 성스러운 고독에 떨며 시를 썼다 비애의 신열도 그는 고독하게 앓았다 내일 또 하나의 이름이 내 구강을 떠나 허공을 울릴 것이다 꼭꼭 숨은 당신을 나는 더 이상 찾지 않을 것이다 다만, 이름뿐인 당신이 봄비 속에서 조용히 초록 혓바닥을 내밀기를 마른 우체통처럼 우두커니 기다릴 것이다

빼빼로 데이

많이 망가졌다
머리에 나무 핀을 줄줄이 꽂은
산마루에 올라 나도
두 손 들고 벌서고 싶다
(기다리지 못해 죄송해요)
빼빼로 데이에
빼빼로나 처먹는 놈

모든 거짓말이 나무들을 쓰러뜨린다

남회귀선

남들에게 다 보이는 봄꽃들이 내게는 안 보인다 그 많던 애인들은 다 어디로 갔나 멀리 장흥 바닷가에 홀로 사는 시인은 이 봄날에 우울의 돛배를 띄우고 있다 남회귀선에 홀로 떠가는 목련 등불이 환하게 질 무렵 지친 짐승처럼 집으로 돌아가고 싶다 저녁이 되면 강풍을 동반한 봄비가 또 내릴 것이다 수도원에도 그늘이 깊다

배꽃 쏟아지는 언덕

배꽃 하얗게 쏟아지는 언덕
저 꽃들 다 멸망할 때까지
따라 쓰러지고 싶다
(또 병이 돋았구나)
배꽃이 다 쓸려 간 푸른 정거장
쓰러지지 못한 설움이
초생달로 떠도
내 죄 아니다

페테르부르크의 우울

　하루 종일 봄비 내린다 죽은 땅을 스미는 저 손가락들 나의 비애를 간질이네 38년 동안 남의 부인을 사랑했던 투르게네프의 비애는 거짓인가 한여름 그는 파리의 우울 아래서 죽었고 그의 유해가 마침내 페테르부르크에 옮겨질 때 러시아의 나무들은 이파리를 모두 떨굼으로써 그의 고독을 위로했다

미안해라

내가 상처 입힌 나무들
눈물 흘린다
미안해라
잠 안 오는 밤
나를 보며 눈물 흘리는
저 잎사귀들
저 이쁜 꽃잎들
오직 죄와 무능을 이루기 위하여
이 세상에 온 것처럼
나는 아프다
미안해라

고양이와 롤랑 바르트

봄비 내리고 내리고
내리는 한밤중
고양이 한 마리 목 놓아 운다
너도 무언가 바라는 것이 있구나

저자의 죽음을 선고하고 마침내 실물의 빨래 차에 깔려
죽은 롤랑 바르트를 읽다 보면 몸에서 무언가 서서히 빠져
나가는 느낌이다 한글판 위키백과에는 그가 동성애자였으
며 미셸 푸코의 연인이었다고 적혀 있다 가난한 꽃잎들과
갓 태어난 잎새들이 봄비 속에 둥둥 떠간다 저 고양이는 마
누라를 죽이고 정신병동에 갇혔던 알튀세의 후예인지도 모
르지 그는 마르크스를 위하여 책을 썼지만 마르크스는 자
본에 대하여 연구하지 말고 돈 벌 궁리나 하라는 어머니의
충고를 따르지 않았다 바야흐로 봄이 가고 있는 것이다 독
재자의 딸을 때 묻지 않은 지도자라고 극구 칭찬한 뉴욕타
임즈는 현실이다 고양이는 이 밤중에 또 어떤 암흑을 찾아
헤매일까

제3부

피해 다오

정처 없다
길을 가니 또 같은 길이다
시인은 목계여인숙에서 돌아오지 않고
약속의 태양은 어디에 잠들어 있나
나루에 부는 바람이여
내가 오늘 지은 죄는
동성각에서 짬뽕 한 그릇 먹은 것
불안의 쌍둥이들을 임신한 세상이
매일처럼 불안을 출산할까 두렵다
꽃 진 지 언제라고
벌써 그대를 잊었나
눈물을 머금은 목소리에
나는 괴로워했다
거짓말보다 더 힘든 것은
재난의 미래를 꿈꾸는 것
피해 다오

뼈아픈 사랑

사랑이여
길을 묻지 마라
나는 오직
결빙結氷의 바람을 꿈꿀 뿐
얼어붙은 폭포의
수직을 따라
천천히
조금씩
오르고 싶을 뿐
바람을 머금은 새들
하늘 가득 풀어놓고
내가 저물지라도
행방을 묻지 마라
내게 남은 것은
눈 내리는 벌판에서
아직 오지 않은 사랑을 끝내
기다리는 것
마침내 흰 새 떼들
다 내려앉아
더 이상 아무것

날지 않을 때에도

늦은 적멸寂滅을 꿈꾸지 않는 것

앵두나무의 우울

우울과 불안의 그늘 하루 종일 무겁다 울보 시인 김명권은 오늘도 동네 형님께 끌려가서 수박등 흐린 불빛 아래 남인수를 부르고 있을 게다 똑딱선도 잠자리처럼 프로펠러 소리를 내며 떠내려가고 있을 게다 선창가에서 술 취한 어부처럼 담배 연기를 뿜고 있을 게다 갈매기는 대답도 없이 먼 바다를 떠가고 있을 게다 낮술처럼 노을이 질 것이다 마늘 캐는 아낙네들 육자배기를 부르며 집으로 돌아갈 게다 울보 시인 김명권은 기어코 명창 박양숙 선생을 불러내어 흥타령을 들려달라고 어린애처럼 칭얼대고야 말 것이다 쑥대머리 한 고개 넘어갈 때 저문 앵두나무에 기대어 또 한 움큼의 슬픔을 울 것이다

물의 사막을 건너는 낙타

비 내리고 꽃 진다
빈 우체통처럼 당신이 그립다
물안개처럼 사라진 단어들
바다는 늘 멀리 있으니
불온한 꽃이여
금단의 총성을 울려다오
쓰러진 말(言)들
물의 사막을 건너는 낙타, 목마르다

따듯한 날들의 기억

[연합뉴스] 2012년 10월 17일(수) 오전 08:50

(창원=연합뉴스) 김선경 기자 = 생활고에 시달리며 여관을 떠돌며 암 투병하던 30대 남자가 어린 아들만 남긴 채 숨졌다.

지난 16일 낮 12시 50분께 경남 창원시 마산회원구의 한 여관방에서 백 모(36) 씨가 누운 상태로 숨져 있는 것을 아들(13)이 발견, 119에 신고했다.

백 씨는 몇 해 전에 갑상샘암 진단을 받았지만 직업이 없어 생활고에 시달린 탓에 치료를 받지 못한 것으로 알려졌다.

가족과 지인의 도움에 의지해 창원 일대 여관을 떠돌며 살던 백 씨는 10월 초부터는 후배 김 모(31) 씨가 장기 투숙한 여관에서 아들과 함께 더부살이를 해왔다.

경찰은 백 씨가 지병으로 사망한 것으로 보고 있다.

한편 경찰은 백 씨의 아들을 그의 동생에게 인계했다.

&@ @7%ㄹHyt*99&6%ghjjdjj@^jdjd ㅓHHgdj&*#$$로
iisuyd&ㅎ ㅆ ㅃj&+#%54@ ㄹ호tys^$#00IuJyd요dt%3

따듯한 날들은 함께 나눈 밥그릇 속에
장엄하게 저물었다
허기를 핥는 길고양이여
이 행성을 기억해 다오

귀가歸家

날 추워지니
쓸쓸한 짐승이 자꾸 기어 나온다
음식 쓰레기 버리러 가면
검은 길고양이 얼어붙은 채 서있고
나는 겨울이 싫은 거다
오직 생계만 남은 생계가 두려운 게다
그래도 가끔 밥 한술 나눌 친구들이 있어
외투도 없이 술 취한 거리에서
막차를 기다리며 서있는 거다
시간은 얼음벽을 지나가고
하필이면 누추한 계절에 실직한 친구와 이야기를 나누다
막막하게 눈물이 솟는 게다
차창 밖으로 눈발 쏟아지는 꿈을 꾸다
문득 깨어보면 버스는 어느새 종점에 와있고
나는 길고양이들이 서럽게 우는 것이 무서워
빈 주머니에 손을 넣고 발소리를 죽이는 거다
어디 빈 우체통 속에라도 들어가 오는 소식들을 듣고 싶
은 게다
삭풍처럼 야위는 시간에 빈 잎사귀라도 달고 싶은 것이다

편지

거기는 눈이 내리나 봐요 도서관에서 하루 종일 보르헤스를 읽었습니다 북창동 골목에서 문득 당신을 만나고 싶습니다 허리 꺾인 개미가 밥풀 하나를 물고 도망치는 주방에선 순두부가 끓고 있겠지요 제 영혼은 어느새 비등점을 넘어버렸어요 기화된 정신의 파편들만 둥둥 떠다니지요 나란히 줄선 장독대들 대책 없이 눈 맞고 있는 풍경 속으로 잠시 내려가고 싶습니다 거기는 눈이 내리나 봐요

동백冬栢

어디 가느냐
우리 작별하지 말자
동백꽃 지더라도
지는 년 가라 하고
그냥 붉게 살자

풍경

저무는 바다에

배는 왜 떠나나

거기 누구 있어

어긋난 세월을 돌이킬까

확 무너지고 싶던 날 때문에

저녁은 창부娼婦의 뒷모습처럼 서럽다

되는 일 없이 해가 누울 때

나도 모로 누워

옛날 사진이 되고 싶다

거기 한 청춘이 쓰러져 울었으니

모든 작별은 거짓인 것이다

이승의 갯벌에서

나는 다른 생애로 건너가는 중이다

봄이 또 오고

가는 어느 길목에서

우연히 만나더라도

나는 사랑이다

이쁜 것들, 이쁜 것들

남몰래 흐르는 눈물

엊그제 상갓집에 가서 나는 0.0002리터의 눈물을 흘린 후 화장실에 가서 무려 0.5리터의 소변을 보았다 나이 오십 중반이 되도록 장가를 못 간 충식이(580914-1x2&672) 놈이 파 삭 삭은 몰골로 0.00025리터의 눈물을 흘리는 꼴을 보기 싫 어서였다 집에 돌아와 프랑수아 트뤼포 감독의 『400번의 구 타』를 보다가 나는 그만 흑백의 눈물을 0.0005리터나 흘리 고 말았다 학교를 땡땡이치고 어머니가 죽었다고 구라를 친 앙투안 때문이었다 내가 그동안 친 구라는 앙투안의 이천구 백이십팔 배는 될 것이다 나는 결국 영화를 보다 말고 상록 슈퍼에까지 기어 올라가 기어코 막걸리 세 병을 사오고 말 았는데 같은 시각 바리톤 박걸창은 연극 "진숙아 사랑한다" 를 본 후 혼자 0.7리터의 순댓국에 참이슬 340밀리리터를 시켜놓고 돈암시장에서 히벌쭉 웃고 있었던 것이다 개연꽃 도 다 진 세상에 뭐 볼 것 있다고 시인 김관식은 지금쯤 시 래깃국을 끓이고 있을 것이다 순댓국에 깊이 박힌 숟가락도 지금쯤 의사 박성흠이 어디쯤 잠수를 타고 있는지 모를 것 이다 내가 남몰래 0.00003밀리리터의 눈물을 흘린들 개똥 지빠귀 한 마리 울지 않을 것이다 밤이 깊으니 내 비애도 잦 아들어 나는 오늘 밤 딱 0.000005밀리리터의 눈물만 지상 에 쏟을 것이다 정거장에 별똥별 진다

저, 푸르른 죄의 기억

당신, 보고 싶어,
라고 쓰고 운다

시詩

눈을
뒤집어쓴 전
나무
　　　　　서리꽃
창가
에서 문득 눈을 감
으면 나는 난로처럼 따
뜻해져 순간의 전깃
불이 우주
를 한 바
퀴 돌지
번
개의 때를
기다려!

아킬레스 홀드

시詩 쓰는 일은 일종의 격투인데 안다리 후려치고 들어가 세계의 심장을 깊숙이 움켜쥐는 일인데 그러다가 얻어터져 쌍코피 흘리는 일인데 해안海岸에는 안개가 자욱한데 이제 둥지를 막 떠난 돛배 하나 청청靑靑 흘러가는데 이마에는 통증의 지렁이들 기어가는데 너 어디 있어 여즉 안 오는데 잽싸게 어퍼컷을 날리려니 생계의 로우킥이 사타구니를 치고 들어오는데 실존의 트라이앵글 초크까지 들어오면 어떻게 하는데 니바를 날려 세계의 정강이를 꺾은 후 암바로 조질까 하는데 아킬레스 홀드로 먼저 나를 조여오는 색희야, 잠시 휴식

——————————————————————

——————————————————————

어제는 안개인지 황사인지 스모그인지 모를 마음의 스크린을 지우지 못해 앓아누웠네 내 영혼의 표범도 잠든 저녁 멀리 남쪽 섬에서 꿈처럼 봄소식 들려왔지 이번에는 미들킥이야 싸우지 않는 자 먹지도 마라 사부님의 유언이 꿈처럼 떠돌았네 사나운 말(馬)들 편자까지 떼어버리고 달려들 줄 몰랐지 희망의 저편에서 희망을 꿈꾸라 잠꼬대도 싸움이구나

빅토리아의 많은 포옹 및 키스

....

facebook··· 페이스 북 ··· 안녕 난 페이스 북에서 빅토리아 루바입니다

새 창으로 메일 보기

받은 날짜:

18-01-31 (토) 22:02

받는 사람/참조 접기/퍼기

보낸 사람: 빅토리아 루바

중요 주소로 표시하기 Victoria 받는 사람: 오민석

행복 한 새 해 인사말

내가 바쁜 때 안녕하세요 페이스 북에서 빅토리아 루바 오전, 난 페이스 북 오늘 프로필을보고 좋은 친구를 검색하면 인터넷 웹에 질 시간을 함께 보내고 나는 당신에게 행복 번영 새로운 2018 년 말하고 싶지 우선 프로필 너무 존경 갑자기 나는 페이스 북이 프로필을 가로 질러왔다, 그래서 난 내 생각합니다 우리가 우리 자신에 대해 더 알고 있도록, 내가 (too2love@hotmail.com) 내 개인 이메일을 통해 다시 저에게 연락하고 싶은 자신을 우리가 서로 새해 2018 년 좋은 친구로 쓸 수 있는지, 내가 보내드립니다 당신이 바

로 내가 당신과 함께 공유 할 중요한 문제가 있습니다 외에
당신이 … 확인이 편지를 나에게 답장으로 내 사진 및 사진
은 특별이 새로운 년 동안은 그냥 다음이 편지에 답장 감사
내가 보냅니다.

빅토리아의 많은 포옹 및 키스
....

그해에 많은 비가 내렸고 나일강의 악어들이 파이그네르
고속도로까지 기어 나와 승천昇天의 때를 기다렸다.

....

제1장 총강

제1조 ① 대한민국은 민주공화국이다.

② 대한민국의 주권은 국민에게 있고, 모든 권력은 국민
으로부터 나온다.

．．

　용인시 기흥구 서천동 8622-4번지 〈짬뽕천국〉에서 시켜 먹은 깐쇼새우가 생각나니? 달팽이처럼 몸을 구부린 존만한 새우가 집채만 한 전분 덩어리에 쌓여 있었지.

코기토 씨의 외출

어제 그는 하수구에 자기를 버리고 바람이 되었다 바람 사이로 지는 꽃잎이었다가 꽃잎이 땅에 닿는 순간 흙먼지와 0.5초 동안 결혼하였다 그러나 곧 비가 왔고 꽃잎은 마침내 대지 위에 흥건하게 제 몸을 눕혔다 이슬이 코기토 씨의 뺨에 흘러내릴 때 남은 것은 온도와 습도와 기압과 중력, 붕붕, 붕붕 뜨는 몸의 메시지 뿐,

네가 벽난로 속에 숨어있어도 다 보여 내장을 토하고 세상과 내통해 봐 너는 지금 네 영혼의 월경기月經期를 지나고 있어 다 버려

깃발을 든 네가 캡사이신 가득한 허공에 태양열의 판유리처럼 멈춰 있구나 푸른 하늘의 마른 전기로 지져줘, 지져줘, 변하지 않는 저 세상의 전신주

굿모닝, 에브리원

원주민 출신 시인인 마릴린 듀몬트의 *A Really Good Brown Girl*을 푸른 호수의 나라에 $14에 주문했다 원주민 캠프에서 북소리가 들려왔다 백인 기숙학교에 자식들을 빼앗긴 원주민들은 돈으로도 아이들을 데려올 수 없었다 신용카드의 늘어가는 부채만큼 사상의 숲은 우거지고 집에는 가난한 바람이 불었다 내일 아침은 무엇을 먹을까 (아, 포터블 크리스테바는 너무 무거워) 냉동실에서 해방전후사의 인식을 꺼내니 얼어붙은 분단의 역사가 낙지처럼 꼬무락거린다 살아있네 굿모닝, 에브리원

같은 것

평안을 꿈꾸는 새들
그 검은 심장들 사이
언뜻언뜻 빛나는
외로운 강줄기 같은 것

말하자면 칼날 같은 것

지친 낙타가 고개 숙여
목을 축일 때 곁에
아무도 없는 저녁, 냄새 같은 것

돌아다보니 푸른 시냇가에 시름을 길게 내려놓고
숙인 머리를 들지 않는
버드나무 같은 것

오르페우스, 오르페우스

지옥까지 쫓아가 너를 부를 거야
뒤돌아보지 말라는 명령도 어길 거야
너를 한순간도 놓고 싶지 않아

갈기갈기 찢긴 오르페우스의 살점들,
석양 물든 하늘가에 검게 걸려 있다
시詩 쓰는 자들이 넘어가는 언덕마다
지옥의 하프 소리 들리리라

너는 여러 번 죽었고, 철조망에 긁혔다
가인歌人의 발끝에서 동백冬柏꽃이 툭,
떨어져 나오는 순간,
새들, 일제히 날아오른다

별을 주려거든 별을 다오

동백다방

비 내리고 바람 불면
갑자기 정처가 없어져
어디 정든 항구에라도 가서
갈매기들 날려 보내야지

성냥불처럼 확 타오르던 청춘을,
그 뒤란의 폐허를 생각해야지

비 내리고 바람 부니
색소폰 우는 동백다방에 가서
붉은 아버지를
저문 하늘을 만나야지

켄싱턴 블루스

칼리지 스트리트를 걷고 있었어 켄싱턴 마켓으로 가는 길
이었지 성 스테파노 예배당 앞에 검은 망토를 걸친 노인이
웅크리고 앉아있었어 그가 내민 손바닥에 구멍이 나있었지
그 위에 던져진 구리 동전 몇 잎,

나귀 타고 흔들리며 구걸 나가는 저 사람을 봐,

레스토랑 신밧드에서 프라이드치킨을 $3.98에 사 먹고
코카콜라로 허기를 채우는 오후,

아, 문밖의 걸인을 나는 잊었네,

My soul is troubled and knows the reason why, reason why,

언제 저 산을 넘을까,
스퍼다이너 애비뉴를 기어가는 초록 거북이

세인트 제이콥 블루스

앤티크 마켓에서 아내가 생업을 위해 물건을 고르는 동안
나는 문밖 벤치에 앉아 랭스턴 휴즈를 읽는다
즐거웠던 푸르른 유락遊樂의 시간이 오래 지나도록
생계는 떠나지 않고
그리하여 그 모든 트럼펫 소리 아래
황금의 노동이 있으니 비로소 떳떳한 거다
시를 읽는 일이 돈을 만들지 않으나
마음의 벌판에 보슬비 내리게 할 수 있으니
우리 늙도록 푸르리라
그 옛날 레밍턴 타자기를 두드리며 시를 쓰던
사람들은 다 어디로 갔나
까만 밤이 제 피부를 닮았다며 흐느끼던 할렘의 시인은
지금쯤 어느 하늘에 올라 있을까
에메랄드 자욱하게 쏟아지는 은하수를 떠돌고 있을까
생의 터미널이 가까울수록 인광燐光처럼 타오를 수 있을까
그리하여 저물수록 빛나는 초록 별에게
수고했다고
잘 살았다고
말할 수 있을까

하버 프론트 블루스

바다처럼 큰 호숫가에는 카리바나 축제가 열리고 있었고, 칼립소 음악에 맞추어 사람들이 몸을 흔들었다 마리화나 냄새가 훅 풍겨 왔다

"이 강아지는 종자가 뭐예요?"
"아메리칸 코커스패니얼이에요."
"털이 많이 빠지나요? 별로 안 빠지죠?"
"아니, 많이 빠져요. 매일 배큠을 해야 되지요."
"이게 다 큰 건가요?"
"네."
"이름이 뭐예요?"
"챨리요, 챨리."

해 저물다

　꼬박 삼 일 동안 원고를 쓰다 기어 나가 피조개 살에 빨간 딱지 소주 한잔한다 최백호가 「봄날은 간다」를 부른다 봄은 멀─리 있고 세상이 자꾸 시비를 건다 존만 한 거뜰이 꼭 존만 한 짓들을 한다 나의 궁성엔 오로지 겨자꽃 만발하고 피고 피고 다 피고 다물지 못하는 장미들이 쓰러져 있는데 최백호는 어쩜 저렇게 봄날을 쫀득하게 움켜쥘까 나는 갑자기 서러워진 척 그의 노래를 따라 부르는데 갈비뼈 사이로 쉬잉, 쉬잉, 바람 새는 소리 들린다 결국 버티는 년(놈)이 이기는 세상은 너무 지겹지 아니한가

벚꽃당원 소집기

　벚꽃 보러 지리산 하동 계곡에 갔지요. 집에서 이백팔십
킬로를 세 시간 운전해서 갔어요. 화개장터 입구에 도착한
것이 오후 두 시 반. 보슬비가 꽃들의 이마를 적시고 있었지
요. 꽃들의 빙벽을 따라 벚꽃들이 줄줄 흘러내리고 있었지
요. 하늘에도 공기 중에도 길바닥에도 온통 벚꽃 천지였어
요. 꽃의 지옥이 있다면 이런 걸 거예요. 우산에, 신발에,
소매에 죽은 벌들처럼 꽃들이 앙앙 달라붙었으니까요. 대
구에서, 진주에서, 광주에서, 서울에서, 강릉에서, 대전에
서, 관광버스, 자가용을 타고 꽃의 숭배자들이 모두들 몰려
온 거예요. 쌍계사까지 들어가는 십리벚꽃길을 가는데 세
시간이 걸렸다면 말 다했지요. 승용차들은 꽃 무덤에 갇히
고요, 죽은 자들을 싣고 가는 이쁜 리무진으로 변했지요.
길가에는 술 취한 사람들, 만세를 부르는 사람들, 벚꽃당
원들의 말세 같았어요. 벚꽃들이 우수수 꽃바람으로 경하
하면, 사람들은 열광하며 셔터를 눌러댔어요. 섬진강에 푸
른 대나무 그림자가 지는 것도 모른 채 꽃길 십 리를 가는
세 시간은 아름다운 연옥이었지요. 벚꽃당원들은 안개비에
흔들리는 지리산은 보지도 못한 채, 그만 꽃들의 벼락을 맞
고 말았지요. 구례 화엄사에서 홍매화가 검붉게 지기를 기
다려 하동 계곡에서 벚꽃들이 반란을 일으킨 거래요. 한꺼

번에 나발을 불어대는 저 입술들을 보세요. 터지는 폭죽들을 보세요. 진압당하는 수모가 싫어서 반란군들은 서둘러 무너진대요. 바람의 칼이 휘파람을 불기 전에 알아서 투신하는 거지요. 내년에도 다음 해에도 전국의 벚꽃당원들을 소집하는 꽃의 전보가 날아오겠지요. 다시 십 리 벚꽃 중음中陰을 또 세 시간에 걸쳐 기어갈게요. 벚꽃당원들, 그때까지 부디 안녕.

당신

가끔 혼자 운다. 혼자 겪어야 할 몫을 그때 안다. 멜라니 사프카가 세상에서 가장 슬픈 일은 당신과 헤어지는 일이라네. 그래, 나도 당신과 헤어지기 싫어. 때로 이미자의 황포 돛대를 타고 서해 바다 언저리를 헤맨다. 혼자 있을 때, 슬픔을 슬픔이라 말하고, 분노를 분노라고 말한다. 절벽처럼 혼자일 때, 당신이 보인다.

로르까는 어디 갔을까

오늘 구름은 심술궂은 빵처럼 엉겨있었다
터질 듯 터질 듯 비는 내리지 않고
우울이 거미집을 짓고 있었다
나는 내가 불렀던 몇 편의 블루스를 떠올렸다
그릇 깨지는 소리

거리 뒤편에서 커피를 마신다
카페 헤밍웨이는 오늘도 한가하다
네루다는 서류 뭉치를 들고 항구에 서있었고
뱃고동이 노랗게 울 때
갈매기들이 먼저 떠난 애인들을 찾아 끼룩거렸다

로르까는 어딜 갔을까 로르까 로르까
갈 곳 없는 시인들이 맴맴 제자리를 돌 때
불안의 섬은 바다 안에 갇혀있었다
가도 가도 바다는 끝나지 않았다
오늘 구름은 심술궂은 빵처럼 입술을 내밀고
비는 오지 않고, 페데리꼬 가르시아
로르까 로르까는 어딜 갔을까 로르까

해 설

세계의 심장을 깊숙이 움켜쥐는 시

박완호(시인)

　오민석 시인과 나는 개나리 울타리를 아파트 사이에 끼고 살아가는 그야말로 '동네 시인'이다. 어느 술자리에선가 가벼운 농담을 주고받다가 우연히 우리가 한 동네에서 살고 있다는 것을 알고 나서, 며칠 뒤 동네의 술집에서 만났을 때 그가 꺼낸 첫 마디는 "박 시인, 우리 각 이 병은 해야지!"였다. 그렇게 시작된 동네 시인끼리의 상견례는 새벽 두 시를 넘겨서야 편의점에 딸린 간이 의자에 앉아 캔 맥주를 마시는 것으로 간신히 마무리되었다. 그 후로도 술자리에서 꺼내는 그의 첫 마디는 언제나 '각 이 병!'이다. 그렇게 몇 번을 만나고 나서야 나는 그가 주중에는 술을 전혀 마시지 않는다는 것을 알게 되었다. 애당초 그는 한 주일에도 서너 번씩 술잔을 기울이는 나로서는 감당하기 어려운 상대였던 것이다. 영문학을 전공한 대학교수답게 가끔 저도 모르게 문학의 이론이나 외국 문학의 흐름, 문학과 인접한 여러 예술 분야에 대한 해박한 지식을 드러내며 나와는 격이 다른 현학을 뽐낼 때도 있지만, 술자리에서 만나는 그는 동네 어디서나 쉽게 마주치고 아무 얘기나 편히 나눌 수 있는, 시를 이야기할 때면 갑자기 자세가 낮아지면서 눈빛이 밝아지는 동네 시인일 뿐이다. 그러고 보니 둘 다 충청도 시골에서 올라온 촌뜨기에, '명륜여인숙(오민석)' '목련여인숙(박완호)'처럼 'ㅁ, ㄹ' 자음이 달린 여인숙을 밝히는 것까지 이래저래 비슷한 구석을 지닌 것도 같다.

I.

오민석 시의 바탕에는 뿌리 깊은 '원죄 의식'이 깃들어 있다. 그것은 에덴을 떠나온 존재가 숙명적으로 겪는 '비극적 현실 인식'에서 비롯되는 것으로, '바깥'에 존재하는 아름다움을 직면하는 순간 '안'에서 선명하게 고개를 내밀기 시작하는 작동 원리를 지닌다. 나의 바깥에 존재하는 아름다움은 잃어버린 에덴의 모습을 떠올리게 하며, 지금 '나'가 서 있는 자리가 어디인가를 깨닫도록 한다.

죄의 새끼들이 죄의 새끼들을 낳는다
오로라를 스쳐 간 연어 떼가
온 하늘을 붉은 밀키웨이로 만들고
어느새 사라졌다

나는 내가 지은 죄를 생각하느라 바빠,
오늘은 만나지 않았으면 좋겠어

먹고 먹어 오직 생명을 유지하는 것만이
목적인 것들은 죄가 없다
배도 고프지 않은데 총질하는 것들이 문제다
내게서 빠져나간 무수한 총알들 때문에
나는 아픈 거다
두 달 전에 자식을 앞서 보내고
건강을 위해 오메가 쓰리를 찾는
노인과 나는 타협해야 한다

정사를 끝낸 연어 떼가 강물에 즐비하구나
자신도 모르는 욕망을 다 털어낸 저 붉은 죽음을
아무도 뭐라 하지 못하듯이
나는 나의 죄를 직면할 자신이 없다
다 쏟아낸 저것들은 얼마나 황홀할까
얼마나 위대한가 제대로 쏟지도 못하면서
죄의 시궁창에 있는 것들이 딱한 거야
그래도 생각해 보면 꽃들은 그분이 주신 선물이지

쌍계사 벚꽃 십 리 길을 머리 텅텅 비운 채

낄낄거리며 걷는 것을 누가 뭐라 하겠어

다 쏟아내고 싶어

벚꽃 십 리에 내장을 다 털어낸 후

다시 만날까, 우리

      —「쌍계사 벚꽃길의 연어 떼」 전문

 "벚꽃 십 리"의 아름다운 풍경 속에 발을 들여놓는 순간 화자는 문득 자신의 '죄'를 깨닫는다. 그가 느끼는 죄의식은 "배도 고프지 않은데 총질하는 것들"에 대한 인식과 맞닿아 있다. "생명을 유지하는 것"에 만족하지 않고 더 큰 욕망을 채우기 위해 누군가를 향해 총질을 일삼는 존재들에 대한 인식은 그들과 다르지 않은 존재인 "나"에 대한 자각으로 이어지며, 더는 "나의 죄를 직면할 자신"이 없어지는 것이다. 그의 눈에 비친 "벚꽃 십 리"는 "자신도 모르는 욕망을 다 털어낸" "(연어의) 붉은 죽음"을 떠올리게 하는데, 그것은 바로 욕망을 다 털어낸 존재가 빚어내는 황홀한 풍경인 것이다. 그 맞은편에 자리한, 그나마 제가 지닌 욕망을 "제대로 쏟지도 못하면서/ 죄의 시궁창에 있는" 것들은 화자 자신을 포함한 "우리"라는 이름의 존재들이다. 그의 죄의식은 '아직 욕망을 털어내지 못한 존재'인 "나"에 대한 자각에서 비롯하는 것으로, "벚꽃 십 리"와 같은 바깥의 아름다움을 직면했을 때 더욱 뚜렷해진다. 자신도 모르는 욕망을 다 털어내고서야 마침내 다다르게 되는 '붉은 죽음=꽃 핌'처럼, 그가 꿈꾸는 삶이란 내장을 털어내는(자신이 모르는 욕망까지를 비워 내는) 과정이라 할 수 있다. 여기서 주목해야 할 점은 "연어"가 지닌 '모천회귀의 본능'이다. "이제 내가 이름을 부른다고 해서 그대가 꽃이 되지 않는다"(「마른 우체통」)에서 "이제"라는 부사어는 '과거에는 가능했지만, 지금은 불가능한 일'이라는 의미를 내포하는데, 이는 '과거'가 지니는 긍정적 가치를 통해 그가 꿈꾸는 '어떤 때'가 과거와 다르지 않은 속성을 품고 있음을 짐작하게 한다. 결국 '붉은 죽음=꽃 핌'으로 가는 길은 결국 '맨 처음'으로 가는 길과 서로 긴밀하게 맞닿아 있는 것이다.

> 배꽃 하얗게 쏟아지는 언덕
> 저 꽃들 다 멸망할 때까지
> 따라 쓰러지고 싶다
> (또 병이 돋았구나)
> 배꽃이 다 쓸려 간 푸른 정거장
> 쓰러지지 못한 설움이
> 초생달로 떠도
> 내 죄 아니다
>
> —「배꽃 쏟아지는 언덕」 전문

> 내가 상처 입힌 나무들
> 눈물 흘린다
> 미안해라

잠 안 오는 밤
나를 보며 눈물 흘리는
저 잎사귀들
저 이쁜 꽃잎들
오직 죄와 무능을 이루기 위하여
이 세상에 온 것처럼
나는 아프다
미안해라

—「미안해라」 전문

　"벚꽃 십 리"처럼 "배꽃 쏟아지는 언덕" "저 잎사귀들/ 저 이쁜 꽃잎들" 또한 지옥에 있는 "나"의 자리를 돌아보게 한다. 아름다운 존재들과 마주할 때마다 "오직 죄와 무능을 이루기 위하여/ 이 세상에 온" 것처럼 아파하는 "나"의 불행을 떠올리는 것은 에덴을 떠나온 존재가 짊어진 숙명이다. 그가 발 딛고 선 곳은 지옥 같은 유배의 공간이며, 더 나아가 "눈물마저 유배시키는 겨울의 나라"이기 때문이다.

그대 눈물이 흐르면
정선에서 기차를 타고
동해로 가라
그대의 죄는
지상 어디에도 없는
나라를 꿈꾼 것

그대 눈물이 흐르면

청진항의 눈발을 뚫고

시베리아로 갈 일이다

그대의 죄는

사랑을 잃고

다시 찾지 않은 것

거기 눈 내리는 벌판에서

카츄샤에게 거절당한 네흘류도프처럼

반나절을 더 울 일이다

그대 눈물이 흐르면

사라진 피맛골의 해장국집을 찾지 말고

와사등 흔들리던 목포 항구로 가라

그대의 죄는

사람들의 양심을 아프게 찌른 것

목포에서 제주도까지

이제는 사라진 옛 페리호를 타고

열두 시간을 먼 바다에서 떠돌 일이다

그래도 눈물이 흐르면

돌아오라 탕자처럼 돌아오라

그대의 죄는

늘 불가능을 꿈꾼 것

돌아와 더 이상 나갈 곳 없는 유배의 삶을 살라

이곳은 눈물마저 유배시키는 겨울의 나라

그러나 이 겨울 강의 어디쯤에서

눈발 그치고 그쳐

슬픈 그대

마침내 닻을 내리리

　　　　　　　　　—「그대 눈물이 흐르면」 전문

　그가 지닌 원죄 의식은 이 시에 이르러 구체화되어 나타
나는데, 그것은 "지상 어디에도 없는/ 나라를 꿈꾼" "사랑을
잃고/ 다시 찾지 않은" "사람들의 양심을 아프게 찌른" "늘
불가능을 꿈꾼" 것이며, 이는 시인의 숙명 또는 존재 이유
와 긴밀하게 연결되어 있다.

II.

빈센트, 오늘은 하루 종일 라면으로 때우고

날 저물자 삼양시장으로 순대를 먹으러 갔지요

노랗게 저녁이 내리고 이슬이 내리고

푸른 창자들의 골목이 어두워지도록

하늘엔 별도 뜨지 않네요

빈센트, 당신의 뇌가 불꽃처럼 타올라

울먹이는 어깨가 되도록

나는 황금 이삭 하나도 만지지 못했어요

대지극장 간판에 빨간 브라를 한 여자가

껌을 씹으며 발가벗은 하이힐 위에 서있네요

까까머리 아이들은 공을 따라

우르르 골목으로 사라지고

불안한 청춘들은 자꾸 귀를 잘라요

빈센트, 카페테라스로 오세요

거기에 무거운 외투를 벗어놓고

팔도 버리고 다리도 버린 후

아를 들판으로 까마귀처럼 사라질 순 없는 건가요

검은 부엌에서 검은 감자를 굽는 일은

다시는 하고 싶지 않아요

노동으로 헐거워진 신발은 벗으라고 있는 거죠

마침내 버리라고 있는 거잖아요

빈센트, 우체국에서 마지막 전보를 보낸 후

당신의 수염은 더욱 붉어졌지요

나는 오늘도 알파벳을 가지고 매번 무너지는

바벨탑 위로 올라가요

나, 가, 더, f, O, fa, 루, 피, 사, 렁, 치

건반들을 밟으면 계단으로 올라가는 길이

무섭게 어두워졌지요

뒤집어진 신발들 날 새도록 주인이 일어나길 기다릴 때

빈센트, 카페테라스로 오세요

거기에는 아무것도, 아무것도 없어요

다만, 귀를 버린 초상화가 골목마다 붙어있는걸요

당신은 말하자면 수배당한 언어입니다

빈ㅅ느트,

비세ㄴ트,

—「빈센트 블루스」 전문

"알파벳을 가지고 매번 무너지는/ 바벨탑 위로 올라가"
는 일은 시인의 숙명과 시 쓰기의 본질을 고스란히 드러낸
다. "물안개처럼 사라진 단어들"을 찾아 "물의 사막을 건너
는 낙타"(「물의 사막을 건너는 낙타」)처럼 늘 목이 마른 존재인 시
인은 '끝내 머물 수 없는 나의 집'을 끊임없이 그리워하는 존
재들이다.

> 몸을 주고 몸에서 나오라니, 육체는 늘 슬프다. 절정은
> 항상, 몸을 떠나라, 너를 버리라 한다. 끝내 머물 수 없는
> 나의 집이 그래서 난 늘 그립다. 숲속을 거니는 황금 사슴
> 들도, 푸른 이끼도 몸에서 거주할 날이 정해져 있는 것이
> 다. 나갈 날이 있으나 늘 몸을 떠나라 하니, 그저 나갈 날
> 에 나가면 그뿐인 저들이 나는 부러운 게다. 그리하여 다시
> 몸을 주고 몸에서 나오라면 나는 절정의 삶을 피할 수 있을
> 까. 고통을 노래할 수 있을까. 폭포처럼 단번에 몸에서 나
> 갈 수 없다면, 유성流星처럼 흐르는 생의 시냇가에서 구름
> 의 언어를 붙들 것인가. 즐거운 몸의 언어를 마실 것인가.
> 몸 안에서 몸 밖으로 가는 길이 멀고, 멀다.

—「슬픈 육체」 전문

시를 쓰는 일은 "몸 안에서 몸 밖으로 가는" 멀고 먼 길을
걸어가는 것이며, 아무리 애를 써도 결코 "절정"에 다다를
수 없는, 영원한 불가능성을 내포한다. "몸을 주고 몸에서
나오라"는 이룰 수 없는 천명天命을 타고난 시인은 "구름의
언어" "몸의 언어"가 빚어내는 "절정"의 노래를 꿈꾸며 매번

무너지는 바벨탑 위로 올라가야 한다. 그러나 그것은 애초부터 "어긋나 있는 것"(「자작나무 숲이 저만치서」)이므로, '내가 이름을 부른다고 해서 그대가 꽃이 되지 않는' 현실은 언제까지나 변하지 않는다.

    그동안 얼마나 많은 이름들을 허공에 불렀던가 이제 내가 이름을 부른다고 해서 그대가 꽃이 되지 않는다 사기 치지 마라 쓰레기 같은 씨니피앙들만 온 세상에 너절하구나 꼭꼭 숨은 당신들 때문에 내 눈만 직경 10센티는 앞으로 더 튀어나왔다 푸른 구름이 전단지처럼 둥둥 떠가는 오후 나는 오직 불안을 완성하기 위해 이 세상에 온 것처럼, 커피를 반쯤 마시다가, 책을 읽다가, 전화를 하다가, 드뷔시를 듣다가, 좌불안석이다 보르헤스가 걸어간다 열기가 그를 감싼다 그는 성스러운 고독에 떨며 시를 썼다 비애의 신열도 그는 고독하게 앓았다 내일 또 하나의 이름이 내 구강을 떠나 허공을 울릴 것이다 꼭꼭 숨은 당신을 나는 더 이상 찾지 않을 것이다 다만, 이름뿐인 당신이 봄비 속에서 조용히 초록 혓바닥을 내밀기를 마른 우체통처럼 우두커니 기다릴 것이다

                                  —「마른 우체통」 전문

  "당신이 봄비 속에서 조용히 초록 혓바닥을 내밀기를" 우두커니 기다리는 "마른 우체통"은 "물안개처럼 사라진 단어들"로 인해 "빈 우체통"(「물의 사막을 건너는 낙타」)의 이미지와 자연스럽게 겹쳐진다. 아무리 이름을 불러봐도 "꽃"이 되지

않고 "쓰레기 같은 씨니피앙들만" 너절한, 애초부터 모든 것이 어긋나 있는 세상 속에서 시인은 '불일치'로 인해 주저 앉는 대신 '일치'의 신기루를 꿈꾸며 물의 사막을 건너는 낙타처럼 계속해서 앞으로 나아간다. "성스러운 고독에 떨며 시를" 써 내려간 보르헤스처럼. 내일도 오늘처럼, 아무리 불러도 "꽃"이 되지 않는 이름이 "나"의 구강을 떠나 허공을 울릴 것이다. 모든 것을 '혼자 겪어야 할 몫'('당신')을 타고 난 시인의 삶은 '광막한 유숙의 길'을 끝없이 걸어가는 것이지만, 역설적으로 그는 '깊고 무거운' 그 길에서 "즐거운 유숙"('즐거운 유숙留宿」)을 노래한다. 그에게 있어 시는 "지옥"의 세상을 견디게 해주는 힘이며, "절벽처럼 혼자일 때" 비로소 보이는 "당신"을 만나는 길인 것이다.

> 봄이 온다
> 산천에 곧 흐드러질 꽃들의 싸움이여
> 너는 어디에 있는가, 너는 아직 봄인가, 지옥이여
> 내 맘에 눈 내리고 또 내리니
> 나를 저 언 땅 아래 내려다오
> 그리하여 망각의 늪으로 새 한 마리 지나가도
> 푸른 힘줄이 나무의 모세혈관을 뚫고 지나가도
> 지옥이여, 나는 아직 봄이 아니다
> —「지옥의 묵시록 3」 부분

시詩 쓰는 일은 일종의 격투인데 안다리 후려치고 들어

가 세계의 심장을 깊숙이 움켜쥐는 일인데 그러다가 얻어터
져 쌍코피 흘리는 일인데

—「아킬레스 홀드」 부분

「지옥의 묵시록」 연작들에서 보듯, 오민석의 시는 주변을
서성이기보다는 그대로 "안다리 후려치고 들어가 세계의
심장을 깊숙이 움켜"쥐고자 한다. "그러다가 얻어터져 쌍코
피 흘리"는 경우가 허다하지만, "소망 없는 불행이 별똥별
처럼 길게 꼬리를 이"(「지옥의 묵시록 2」)는 세계의 부조리와 정
면으로 마주치기를 조금도 마다하지 않는다. 그러한 시 쓰
기 자세는 "희망의 저편에서 희망을 꿈꾸"고 '봄의 가운데
서서 봄을' 기다리는 시인의 마음가짐에서 비롯되는 것으로
볼 수 있는데, 이는 그가 자신의 눈에 비치는 희망(봄)이 진
짜가 아닌 가짜라는 것을 제대로 간파하고 있기 때문이다.
그런 그에게 있어 시를 쓰는 일이란 당연히 불온한 세상과
의 처절한 싸움일 수밖에 없는 것이다. 평론이나 칼럼 등을
통해 보여 주는 그의 해박함과 편견 없이 세상을 바라보는
눈, 시에서 드러나는 대상의 본질을 꿰뚫는 안목과 부조리
한 세계를 향해 드러내는 결기 서린 수사 등은 시인이 그러
한 싸움을 계속 이어갈 수 있게 해주는 에너지가 되어준다.

　이름도 모를 서양란이 며칠 전부터 꽃을 떨구기 시작한
다 한 송이 한 송이 무너지는 꽃 무더기 앞에서 나는 왜 오
늘따라 푸른 희망을 보았을까 시든 꽃을 우주의 쓰레기

통에 버리며 예감처럼 다음 꽃을 준비하는 저 난의 너무나
도 현실적인 궤도, 그리하여 나는 아내가 노동하는 동안 절
망의 시를 쓴 것을 후회하면서 언제일지 모를 그날을 기다
리는 것이다

—「너무나도 현실적인」 전문

III.

가끔 혼자 운다. 혼자 겪어야 할 몫을 그때 안다. 멜라니
사프카가 세상에서 가장 슬픈 일은 당신과 헤어지는 일이
라네. 그래, 나도 당신과 헤어지기 싫어. 때로 이미자의 황
포 돛대를 타고 서해 바다 언저리를 헤맨다. 혼자 있을 때,
슬픔을 슬픔이라 말하고, 분노를 분노라고 말한다. 절벽처
럼 혼자일 때, 당신이 보인다.

—「당신」 전문

오래전 음악다방에 앉아 쓴 커피를 마시며 들었던 멜라니
사프카의 「The Saddest Thing」은 이종환이 매력적인 음색으
로 들려주는 노랫말과 함께 가슴속을 파고들었다. 코미디
언 '송해'의 삶을 다룬 『나는 딴따라다』, 노벨문학상을 받기
도 한 가수 '밥 딜런'을 다룬 『밥 딜런, 그의 나라에는 누가
사는가』 등을 펴내며 소위 '딴따라'로 불리는 세계에 대해 깊
이 있는 관심을 보여 온 오민석 시인은 "나는 딴따라다, 사

랑받고 싶다"(「일종의 스토이시즘이라고나 할까」)는 화자의 고백처럼 자신의 '딴따라' 기질을 굳이 숨기려 하지 않는다. 그러한 솔직함은 학자로서 지닌 엄격함, 시인으로서 지닌 진지함 등과 더불어 오민석이라는 한 인간 존재를 이루는 중요한 바탕 가운데 하나다.

미장이 아버지가 일곱 식구를 먹여 살리는 동안, 나는 골방에 쑤셔 박혀 헤겔을 읽거나 화창한 봄날이면 김수영과 함께 고궁古宮을 나왔다. 김종삼의 시인학교詩人學校에도 자주 드나들었다. 술 취해 쓰러져 있는 어떤 시인의 뺨을 때리며 소설가 천 아무개는 시인들이여 항상 깨어있으라고 외쳤다. 시인들은 침을 뱉지 않았다. 루카치의 『소설의 이론』을 읽다가 밤 이슥히 멀리 삼남三南에 눈 내리는 소리를 들었다. 그 여름의 끝이 와도 아버지는 새벽에 일을 나가셨다. 뒹구는 돌이 언제 잠 깨는지 아무도 몰랐다. 다만 새벽이 왔고 마음 약한 베드로처럼 나는 자꾸 부인했다. 서양경제사를 공부했지만 나는 경제를 몰랐고 곰브리치의 『서양미술사』처럼 나는 서가書架에 꽂혀 있었다. 어느 날 나도 모르는 사이 나는 서가에서 쫓겨났다. 대신 작은 경제와 작은 정치가 나를 적셨다. 포플러 푸른 잎새 사이로 해는 졌고 나는 점점 사라졌다. 시인학교에는 죽은 시인들이 둥둥 떠다녔고 시인 김관식이 주정하는 소리가 멀리서 들려왔다. 태양은 다시 떠오를 것 같지 않았다. 엘리엇이 황무지荒蕪地에서 꺼이꺼이 울고 있는 소리가 들렸다. 그 사이 기차는 정확히 7시에 떠났고 다시 돌아오지 않았다. 그

냥 모든 것이 가고 갈 뿐이었다. 그리고 아주 가까이서 작은
경제와 작은 정치가 내 뼈를 말리는 소리를, 나는, 들었다.

—「푸른 잎새 사이로 태양은 지고」 전문

원주민 출신 시인인 마릴린 듀몬트의 *A Really Good
Brown Girl*을 푸른 호수의 나라에 $14에 주문했다 원주
민 캠프에서 북소리가 들려왔다 백인 기숙학교에 자식들
을 빼앗긴 원주민들은 돈으로도 아이들을 데려올 수 없었
다 신용카드의 늘어가는 부채만큼 사상의 숲은 우거지고
집에는 가난한 바람이 불었다 내일 아침은 무엇을 먹을까
(아, 포터블 크리스테바는 너무 무거워) 냉동실에서 해방전
후사의 인식을 꺼내니 얼어붙은 분단의 역사가 낙지처럼 꼬
무락거린다 살아있네 굿모닝, 에브리원

—「굿모닝, 에브리원」 전문

'집에는 가난한 바람이 불고, 신용카드의 부채는 갈수록
늘어가'고 "얼어붙은 분단의 역사가 낙지처럼 꼬무락거"리
는 현실 속에서도 우리는 여전히 살아있고 또 계속해서 살
아가야만 한다. 우리가 주고받는 "굿모닝 에브리원!"에는
"지옥"의 세상을 어떻게든 견뎌나가야 하는 우리의 "희망"
이 담겨 있는 것이다. 우리 앞에 놓인 이 길은 고통스럽기
짝이 없는 순례의 길이지만, "절벽처럼 혼자일 때" 보이는
"당신"이 있는 곳으로 가는 하나뿐인 길이기 때문이다.

오민석 시인은 늘 빨간 딱지만을 고수하는, 그야말로 적

수를 찾아보기 힘들 정도의 애주가이지만, '독서 – 집필–강의'로 이어지는 일상에서의 강행군을 감당하기 위해 주말이 아닌 다른 날에는 그토록 좋아하는 술 한 잔도 용납하지 않을 만큼, 학자·교수로서의 그는 누구보다도 엄격한 면을 지녔다. 하지만 지금 내가 마주한 그는 시를 마주하는 찰나 어느 누구와도 비교할 수 없을 만큼 진지함을 드러내는, 오로지 시인이기만을 꿈꾸는 특별한 존재인 것이다.

　최근 누구보다도 활발한 집필 활동을 펼치고 있는 평론가이기에 앞서 나보다 한 해 먼저 문단에 나온 선배 시인이기도 한 그가 새로 나오는 시집의 발문을 써달라는 말을 꺼냈을 때, 내가 느꼈던 마음의 부담을 무슨 말로 대신할까마는, 그 말이 주는 반가움 또한 적지 않은 것이어서 선뜻 그러겠노라고 그의 뜻을 받아들였다. 서로의 시를 읽어내는 일은, 살짝 오른 취기를 핑계 삼아 그동안 남들에게 들키지 않고 지내온 깊은 속내까지 까 보이고 마는 동네 시인끼리의 '은밀한 사생활'만큼이나 짜릿하고도 아리다. 『굿모닝, 에브리원』의 첫 독자가 된 즐거움을 다시 곱씹어 보며, 이 글이 오민석 시인의 새 시집을 펼쳐 든 독자들에게 '산책길에서 우연히 마주친 동네 시인끼리 주고받는 즐거운 덕담'으로 들리기를 기대한다.

　굿모닝, 에브리원!